A LA MÉMOIRE

DE

L'ABBÉ GUILLOUZO

CHAPELAIN DE SAINTE-ANNE

Chanoine honoraire de la Cathédrale.

Les âmes des justes sont dans les mains de Dieu....

Leur fin a passé pour une affliction....

Et leur séparation d'avec nous pour une ruine entière, mais ils sont en paix.

(Au Livre de la Sagesse, III, 1, 2, 3.

VANNES

GALLES, IMP. DE MONSEIGNEUR L'ÉVÊQUE.

—

1878.

SAINTE ANNE,

Consolatrice des Affligés,

PRIEZ POUR NOUS.

L'ABBÉ GUILLOUZO.

I.

Maintenant que le bon serviteur de sainte Anne n'est plus, c'est pour nous un devoir de rompre le silence que son humilité imposait à notre vénération et de dire quelques mots de cette vie si belle dont lui seul ignorait le mérite.

Il naquit, en 1824, à Remungol, dans une de ces vieilles familles bretonnes, où les traditions de foi et d'honneur chrétien se transmettent comme un héritage sacré.

Son enfance s'écoula paisiblement sous la direction de son père, homme simple et droit, dont il aimait à rappeler l'intelligente fermeté ; puis, à Languidic, près d'un de ses oncles, alors curé de cette paroisse, où sa mémoire est encore bénie.

La douce autorité de ce saint prêtre façonna au bien l'âme docile de l'enfant ; ses conseils et ses exemples ne furent pas perdus.

Le disciple fut digne du maître. A Pontivy, où il commença ses études ; au Petit-Séminaire de Sainte-Anne, où il les acheva, sa piété joyeuse, son caractère franc et ouvert lui gagnèrent tous les cœurs. Près du vieux sanctuaire, qu'il devait rebâtir plus tard, il noua de ces amitiés fortes et chrétiennes qui survivent aux années de collége et que la mort même ne peut briser.

Lorsqu'il eut terminé ses études, Dieu l'appelait ; il n'hésita pas, et entra avec bonheur au Grand-Séminaire, où il montra par ses succès la droiture de son esprit et la sûreté de son jugement.

En 1851, il était prêtre. Il le fut dans toute la sublime acception du mot.

Nommé vicaire à Plouhinec, il fit bien vite apprécier de tous les qualités de son âme d'élite. Après quatorze ans, les habitants de cette paroisse n'ont pas perdu le souvenir de ce prêtre zélé et pieux, secourant les pauvres, s'oubliant lui-même pour le prochain, accueillant tout le monde avec bonté, et ne reculant jamais devant la fatigue, quand il avait à faire une bonne action.

Il aimait les âmes et il se donnait. La sienne avait ce rayonnement divin qu'on appelle la charité. Aussi ses confrères aimaient-ils à se réunir près de lui, et il avait acquis, sans la chercher, cette popularité de bon aloi qui est un hommage rendu à la vertu modeste par la sympathie de tous. Cependant cette période de sa vie n'était qu'une préparation. Dieu le formait dans le silence pour la grande mission qui allait effrayer son humilité, sans déconcerter son courage.

En 1864, l'Évêque de Vannes, appréciant ses qualités modestes, l'arracha à sa chère paroisse, pour le placer à Sainte-Anne avec le titre de chapelain. Au milieu de ses occupations nouvelles, il fut ce qu'il avait toujours été jusque-là, un prêtre selon le cœur de Dieu. Mais le moment approchait, où, se trouvant aux prises avec les difficultés de l'œuvre qui fera sa gloire, le chapelain devint un apôtre.

Lorsque Mgr Bécel commença la reconstruction de la chapelle du célèbre pèlerinage Breton, il ne se dissimula point l'importance et les difficultés de cette entreprise. A mesure qu'avec les travaux augmentèrent les dépenses, il sentit le besoin de trouver un homme capable de le seconder. Conduit par sainte Anne, M. Guillouzo se présenta. La parole émue de notre premier pasteur, a révélé, au jour des funérailles, le secret de cette entrevue. Je n'insiste donc pas... On sait quel a été le résultat de cette sainte audace, qui n'était que l'inébranlable confiance d'un cœur aimant.

La foi de cet homme a remué les pierres et les âmes : le pèlerinage est florissant et la Basilique est bâtie. Quêteur infatigable, prédicateur convaincu, il a parlé de sainte Anne, il a demandé pour sainte Anne, et sa parole a fait des prodiges. S'il n'avait pas l'éclat qui éblouit, il possédait au plus haut degré la simplicité qui plaît, la bonté qui attire, et cette éloquence du cœur qui, dédaignant les artifices humains, va droit au cœur.

Sa constance fut à la hauteur de sa foi. Pendant dix ans, on le vit, inquiet parfois, confiant toujours, continuer l'œuvre entreprise, sans s'arrêter aux critiques qui n'épargnent jamais ce qui est grand. Elles attristaient son cœur, sans pouvoir abattre son courage. Que de fois nous l'avons vu préoccupé, triste, aller se jeter aux pieds de la Statue miraculeuse ! Dans la prière il retrouvait le calme et l'espérance. S'il écrivait une lettre importante, il la déposait sur l'autel de sainte Anne, qu'il priait de la bénir ? Comment n'eut-il pas été exaucé ?

Dès qu'il s'agissait de notre Patronne, il n'y avait rien de trop riche à ses yeux. La *cathédrale* qu'avait désirée Nicolazic, il la voulait belle des splendeurs de l'art, et chaque décoration nouvelle lui faisait pousser des exclamations de bonheur, car il aimait le beau, cet humble prêtre, non pas pour lui, mais pour Celle dont il travaillait à répandre la gloire.

On comprend quelle dût être sa générosité. Restreignant le plus possible ses dépenses personnelles, il donnait sans compter à sa chère Œuvre, il donnait tout. Quelques jours avant sa mort, un de ses amis les plus chers lui demandait à combien s'élevaient les ressources provenant de son patrimoine. Lorsqu'il eut indiqué la somme : — Où placez-vous cet argent, reprit en souriant son interlocuteur ? — *Dans la masse*, répondit le bon chapelain, le plus naturellement du monde. La masse c'était le trésor de sainte Anne.

Depuis quelque temps déjà, il pouvait jouir de son œuvre. La consécration de la Basilique l'avait comblé de joie. Les derniers travaux approchaient de leur fin. Le moment du repos allait venir. Il vint, mais ce fut le repos du ciel.

Il y a quelques jours, un de nos confrères parlait devant lui de la mort : — « Pour moi, dit M. Guillouzo, je ne la crains plus. Que le bon Dieu me prenne quand il voudra, pourvu que ce soit au bon moment ! » Il allait être exaucé. Le surlendemain, il se rendait à Remungol, où il chanta un service pour un de ses parents.

Vers le soir, après avoir éprouvé quelques frissons, il se plaignit tout-à-coup de violentes douleurs dans la tête et faillit tomber : — « Donnez-moi l'absolution, dit-il au vénérable recteur qui l'assistait ; je me suis confessé il y a cinq jours. » Le mal s'aggravait de plus en plus. Le pieux malade répétait avec amour : — « Mon doux Jésus, mon Dieu, que votre volonté soit faite ! » Il reçut l'extrême-onction et l'indulgence plénière. Sa main défaillante essayait encore d'approcher de ses lèvres une relique de sainte Anne qu'il portait toujours sur lui. Celle qu'il avait tant aimée, le consolait à ses derniers moments.

Pendant qu'on récitait ses litanies, il rendit le dernier soupir. C'était le mardi, 29 janvier, vers neuf heures du soir.

II.

Le vendredi suivant, le cercueil fut transporté à Sainte-Anne, où l'affreuse nouvelle avait produit une véritable stupéfaction. Les funérailles devaient avoir lieu le lendemain. Averti en toute hâte, Monseigneur l'Évêque de Vannes était revenu de Paris, où l'avaient appelé d'importantes affaires. Sa Grandeur tenait à rendre les derniers devoirs à l'ami fidèle qui avait été le plus dévoué des collaborateurs.

A dix heures et demie, quatre-vingts prêtres et une foule nombreuse de fidèles accompagnaient le cercueil dans la Basilique. Les cordons du poële étaient tenus par MM. Trégaro, aumônier en chef de la Marine, vicaire général honoraire; Morio, curé-archiprêtre de la Cathédrale; Kdaffrec, curé-archiprêtre de Pontivy; Ollivier, recteur de Remungol.

Nous avons remarqué avec bonheur dans cette assistance émue, M. le comte de Rorthays, M. René Jollivet, M. Fresneau, M. le comte et M. le vicomte de Saint-George, etc...

M. le Supérieur de Sainte-Anne célébra la messe, pendant laquelle les élèves du Petit-Séminaire exécutèrent des morceaux funèbres alternant avec les chants sacrés.

Avant l'absoute, Monseigneur prononça du haut de la chaire une allocution touchante, dernier hommage rendu à celui que nous pleurons.

On lira avec émotion ces pages inspirées par le cœur, où la douleur de l'ami et du père a trouvé des accents si vrais. En écoutant ce discours, interrompu souvent par les larmes de l'Évêque, auxquelles se mêlaient celles de la foule, une grande scène de l'Évangile se présentait à notre esprit. Lazare était depuis quatre jours dans le cercueil, lorsque le divin Maître voulut le revoir. Au milieu de la multitude qui l'entourait, tout en pleurs, il se troubla lui-même, et, en face du tombeau, Jésus pleura.

Ce dernier témoignage d'affection, l'apôtre de sainte Anne le méritait de la part du représentant du Sauveur. Il l'a reçu, et tous les nobles cœurs, applaudissant à la pompe inusitée de ces funérailles, rediront la parole qui retentissait auprès du cercueil de Lazare : « Voyez comme il était aimé » !

Le moment était venu de confier à la terre les restes de notre cher mort. Sa tombe a été creusée aux pieds de la Statue miraculeuse, dans la Basilique qui est l'œuvre de sa foi. Le portrait de Nicolazic surmonte son cercueil, comme pour réunir le souvenir de l'humble paysan et celui de l'humble prêtre que sainte Anne a choisis pour exécuter ses volontés.

Il sera là comme un exemple pour ceux qui viendront s'agenouiller sur ces dalles; les pierres de son tombeau, comme celles du temple, prendront une voix pour leur dire d'être humbles, d'aimer sainte Anne et de garder intact le trésor de leur foi.

Max. NICOL.

DISCOURS

PRONONCÉ

PAR MONSEIGNEUR L'ÉVÊQUE DE VANNES

DANS LA BASILIQUE DE SAINTE-ANNE

LE 2 FÉVRIER

AUX OBSÈQUES DE M. L'ABBÉ GUILLOUZO.

— ◆—◆—

Nos très chers Frères,

Lorsque ce lugubre cortége a franchi le seuil de la Basilique en deuil, il Nous a semblé entendre une voix mystérieuse qui dominait le chant des morts. Et elle répétait cette fière réponse que Notre Seigneur Jésus-Christ fit un jour à quelques pharisiens de son temps, formalisés des hommages inaccoutumés que lui rendaient ses disciples pendant sa marche triomphale vers Jérusalem : — *Dico vobis quia si hi tacuerint, lapides clamabunt. Je vous déclare que, ceux-ci auraient beau se taire, les pierres crieront* (1). Assurément Nous ne supposons pas que personne puisse trouver à redire aux funérailles exceptionnelles dont Notre amitié et Notre reconnaissance ont voulu honorer la mémoire de celui que nous pleurons tous aujourd'hui. Nous n'avons qu'une crainte, de ne pas parvenir à maîtriser Notre vive et trop légitime affliction. Toutefois, si profonde qu'elle soit, Notre douleur ne restera pas muette.

Il est vrai, les pierres de ce splendide sanctuaire proclameront

---

(1) S. Luc, xix, 40.

éloquemment, de génération en génération, la dévotion incomparable de notre cher défunt envers sainte Anne. Nous avons dit *incomparable* : le mot n'est pas exact. Aussi bien, à deux siècles de distance, deux hommes se sont rencontrés, qui ont mis le même zèle et les mêmes vertus au service de la même cause. Le nom du bon abbé Guillouzo, comme celui du bon Nicolazic, mérite d'être inscrit en caractères ineffaçables dans les annales de notre antique et célèbre pèlerinage. Il demeurera, du moins, gravé au fond de nos cœurs, brisés, pour le moment, du coup violent et imprévu qui les a frappés.

Les nombreux pèlerins qui se succèderont d'année en année aux pieds de notre puissante Patronne, émerveillés de la magnificence du temple où ils aimeront à vénérer son image bénie, se demanderont au prix de quelle industrieuse activité ces murs de granit se sont élevés si majestueusement et comment ils ont été enrichis avec tant de goût et de libéralité. Que d'argent, se diront-ils les uns aux autres, que de sueurs, que de dévouement a coûté cette église, digne de la Mère et des enfants !

En effet, nos très chers Frères, c'est vraiment un prodige de foi, de courage, de patience, de générosité, de privations inénarrables.

Or, nous avons connu, estimé, aimé l'homme simple et droit, plein de bon sens et de modestie, qui a fait mouvoir toutes les volontés et concentré toutes les ressources qu'exigeait une pareille entreprise. Il s'appliqua constamment à mettre en relief tous ses collaborateurs. Il aura vainement tenté de rester dans l'ombre et de passer inaperçu. Nous croyons avoir trouvé son portrait, fait de main de maître. Écoutez ! ne reconnaissez-vous pas à cette peinture divine l'humble Chapelain de Sainte-Anne : *In fide et lenitate ipsius sanctum fecit illum Deus ? Dieu l'a sanctifié dans sa foi et sa douceur* (1). Voilà, Nous semble-t-il, en deux mots inspirés, les traits caractéristiques de celui dont nous avons sous les yeux les restes mortels. C'était un de ces prêtres *selon le cœur de Dieu, choisi entre tous les hommes* (2), d'une foi et d'une bonhomie trop rares de nos jours. Ce demeurant d'un autre âge était, dans ses discours, dans ses actes, dans ses manières, le commentaire vivant de cette assurance divine : *Si habueritis fidem sicut granum sinapis, dicetis*

---

(1) Eccli., XLV, 4. — (2) id., id.

monti huic : Transi hinc illùc, et transibit, et nihil impossibile erit
vobis. Si vous aviez de la foi comme un grain de sénevé, vous diriez
à cette montagne : Transporte-toi d'ici là, et elle s'y transporterait, et
rien ne vous serait impossible (1).

Regardez plutôt, Nos très chers Frères, ces murailles imposantes
ces colonnes élancées, ces voûtes ornementées de peintures et de
dorures, ces sculptures, ces ciselures, ces vitraux, tout ce qu'un
habile architecte et des artistes renommés ont conçu et exécuté
dans cette enceinte ! Que de montagnes de difficultés il a fallu sou-
lever pour arriver à cet heureux résultat !

Laissez-Nous vous faire quelques confidences intimes relative-
ment à cette construction, qui Nous a occasionné, pendant douze
années consécutives, des préoccupations de toutes sortes. Lorsqu'il
s'agit d'en poser la première pierre, grande était Notre perplexité !
Dieu permit heureusement que Nous ne Nous doutâmes pas d'abord
des dépenses énormes où Nous serions entraîné. Connaissant Notre
embarras, l'abbé Guillouzo vint Nous trouver, disant : — « Laissez-moi
faire ; je réponds de vous seconder utilement. » — « Et comment
réussirez-vous à trouver dans notre pays, pauvre par comparaison,
des centaines de mille francs ? » — « J'irai de paroisse en paroisse,
et, s'il le faut, de porte en porte. Je quêterai. Les pauvres et les
riches me permettront de leur tendre la main, au nom de sainte
Anne. N'est-il pas écrit : *Demandez et vous recevrez, cherchez et*
vous trouverez, frappez e on vous ouvrira (2) ! »

Nous devons l'avouer à Notre confusion, Nos très chers Frères,
Notre foi n'égalait pas la sienne. Cet auxiliaire providentiel fut
éconduit. Ses offres de services Nous parurent une illusion géné-
reuse. Il partit à regret mais sans se plaindre, peut-être persuadé
qu'il serait mieux compris une autre fois. Toujours est-il que sa
confiance ne se démentit point. A quelque temps de là, il revint
sans plus de succès. Cependant ses instances donnaient à réfléchir.
Nous rappelant les démarches infructueuses de son aîné auprès du
Recteur de Pluneret et de l'un de Nos vénérés prédécesseurs, Nous
finîmes par ouvrir ainsi libre carrière à sa pieuse ardeur : — « Allez
donc, prêchez, quêtez. Soyez béni ! Dieu vous conduise ! Que sainte
Anne vous inspire, qu'elle dilate les cœurs et les bourses ! »

---

(1) S. Matt., xvii, 19. — (2) S. Matt., vii, 7.

A ces mots, Notre cher interlocuteur se prosterna pour recevoir la bénédiction de son évêque. Sa figure rayonnait de joie. Il partit satisfait, souriant et courageux. Vous savez le reste... A quoi bon mentionner ici les fatigues, les déboires et les déceptions de l'infatigable quêteur ? Bien ou mal accueilli, il tendait à son but. C'est ainsi que, *consumé par le zèle de la maison de Dieu* (1), il puisa dans la vivacité de sa foi un moyen de sanctification. Son aménité, pareillement inaltérable, lui gagnait la sympathie des personnes les moins disposées à favoriser ses efforts. Comment eût-on résisté à des procédés aussi engageants ! Il se présentait partout. Quelquefois même il lui arriva de retourner où il avait été mieux traité.

Un gentilhomme du voisinage lui faisant observer que ses visites étaient aussi fréquentes qu'intéressées : — « C'est votre faute, répliqua-t-il; vous m'avez toujours montré si bon visage ! » Cette repartie lui valut une nouvelle et gracieuse offrande.

A côté des largesses des plus nobles familles du pays, dignement représentées à cette cérémonie funèbre, venaient se placer, avec une délicatesse attendrissante, l'obole du pauvre, de la veuve et de l'orphelin. Le récit de certains épisodes des pérégrinations de Notre quêteur dans le diocèse offrirait un grand charme et une singulière édification.

Nos voisins ne restaient pas sourds à ses pressantes requêtes. Les Évêques — à leur tête Notre Éminent Métropolitain — les prêtres et les fidèles de la Bretagne entière envoyèrent leurs souscriptions.

Il en arrivait de plus loin, de tous les points de la France, notamment pendant la guerre contre la Prusse.

Un voyage fait à Rome, à l'époque du Concile du Vatican, fut aussi mis à profit. La cotisation d'un certain nombre de Membres de cette vénérable Assemblée fit les frais d'un des petits autels de notre Basilique.

Outre les bénédictions, les encouragements et toutes les faveurs spirituelles que le Souverain Pontife daigna Nous accorder, Sa Sainteté voulut bien Nous faire don de trois blocs de marbre précieux de l'Emporium. De telle sorte que Pie IX est, à tous égards, le plus auguste et le premier de nos bienfaiteurs.

_____

(1) S. Jean, II, 17.

» Ce fut ainsi que l'œuvre de Sainte-Anne prit de jour en jour des proportions plus consolantes. L'ouvrier ne s'en prévalait aucunement. Son humilité s'inspirait de sa foi. Il s'effaçait toujours. Que de preuves de renoncement il nous a données! Ses lettres respiraient l'abnégation la plus complète. Il Nous attribuait tout le mérite qui lui reviendra devant Dieu comme devant les hommes. Puisque *celui qui s'humilie, sera exalté* (1), Notre excellent fils avait des droits particuliers aux honneurs que vous lui rendez après sa mort et dont Nous vous sommes personnellement obligé. Après l'avoir si parfaitement secondé pendant ses courses, au milieu de nos villes et à travers nos campagnes, vous n'oublierez pas que Nous ne pouvons plus compter que sur son intercession et votre bonne volonté. Il Nous sera donné, grâce à vous et à lui, si Nous avons quelques années à vivre, de mettre la dernière main à cet édifice. Nous laisserons ici à Notre successeur un important héritage dégagé de toutes charges.

Et la mémoire de l'abbé Guillouzo sera en bénédiction. Car il aura plu à Dieu et aux hommes (2). Nous en appelons à vous qui fûtes ses condisciples et ses confrères; dites s'il n'était pas le plus aimable, le plus inoffensif, le plus affable des hommes. D'un commerce facile, *il se faisait tout à tous* (3) et se pliait même aux exigences de son prochain. Ses Supérieurs ecclésiastiques n'eurent jamais un reproche à lui adresser. Mais voyons-le surtout dans ses fonctions de chapelain. Il était l'âme de nos réunions et de nos fêtes. Les pèlerins l'abordaient à leur aise. Ils usaient et abusaient de sa complaisance. Il semblait dire à tout venant : — *Je donnerai tout très volontiers et je me donnerai moi-même pour le salut de vos âmes* (4).

Dès lors, Nos très chers Frères, comment n'aurait-il pas été agréable à Dieu et aux hommes?

Dieu qui connaissait la sainte frayeur que la mort lui inspirait, voulut lui en épargner les angoisses. Il lui laissa juste le temps de réclamer et de recevoir les derniers secours de la religion. Au début de la courte mais terrible crise qui nous l'enleva, le respectable pasteur qui l'assistait, lui demanda s'il désirait se confesser : — « Je l'ai fait ces jours derniers, répondit-il. Donnez-moi cependant l'ab-

---

(1) S. Matt., XXIII, 12. — (2) Eccli., XLV, 1. — (3) 1ʳᵉ Ép. aux Cor., IX, 22. — 4) 2ᵉ Ép. aux Cor., XII, 15.

solution. » Et il priait avec ferveur ; et il serrait sur sa poitrine oppressée, il approchait de ses lèvres déjà glacées, la relique de sainte Anne que Nous l'avions vu, dans une autre attaque, baiser avec amour et confiance : — « Sainte Anne, soupirait-il, priez pour moi ! Mon Dieu, *que ce calice s'éloigne de moi !* Après tout, *que votre volonté soit faite* (1) ! Si c'est votre bon plaisir, je vous offre le sacrifice de ma vie et *remets mon âme entre vos mains* (2). »

Il dut lui en coûter beaucoup, Nos très chers Frères, de prononcer ce *fiat !* Il n'y a pas longtemps encore qu'il Nous disait : « J'espère que sainte Anne m'obtiendra de vivre jusqu'à l'achèvement de son œuvre. Je ne cesse de solliciter cette grâce. » En ce temps-là, Nos très chers Frères, il eût chanté volontiers le *Nunc dimittis* dont la fête de ce jour nous rappelle le touchant souvenir. Adorons, sans chercher à les pénétrer, les desseins de la divine Providence ! La main de la mort, qui se promène impitoyablement par le monde, l'a touché inopinément, lui laissant assez de présence d'esprit pour crier : — « Mon doux Jésus, miséricorde ! »

O mort, que tes coups sont cruels et soudains ! Nous venions à peine de quitter la victime que tu avais choisie. Des affaires urgentes exigeaient Notre éloignement. Nous touchions au terme de ce voyage, lorsque deux dépêches successives apportèrent sur les ailes de la foudre la fatale nouvelle. Tombant à genoux, comme écrasé sous le poids de ce malheur inattendu et de cette perte irréparable, Nous Nous écriâmes : — « Mon Dieu, vous êtes le Maître de la vie et de la mort. Recevez dans votre sein le coopérateur dévoué que vous Nous aviez prêté ! Accordez-Nous de le rejoindre au séjour de la gloire éternelle et de l'éternelle félicité ! »

Mais, Nos très chers Frères, ne nous bornons pas à verser sur ce cercueil des larmes brûlantes et d'ardentes prières. Après avoir imploré la bonté infinie du Souverain Juge, qui aperçoit des taches dans ses élus eux-mêmes, écoutons une voix d'outre-tombe. Les accents doivent en être instructifs et saisissants. *Per fidem defunctus adhùc loquitur* (3). Que dit-il ?

— « O vous qui fûtes mes amis, *ne pleurez pas comme ceux qui ont perdu toute espérance* (4). On est heureux de mourir sous la protection

---

(1) S. Matt., xxvi, 42. — (2) S. Luc, xxiii, 46. — (3) Ép. aux Héb., XI, 4. — (4) Ép. aux Thes., IV, 12.

de sainte Anne, après l'avoir honorée et servie. *Apprenez du divin Maitre à être doux et humbles de cœur* (1), à vous aimer et à vous assister les uns les autres dans vos besoins spirituels et temporels. N'estimez pas la vie au delà de sa valeur : sachez bien que, pour vous comme pour moi, la mort arrivera à l'improviste et que le Fils de l'homme entrera en jugement avec chacun de vous, au moment où vous vous y attendrez le moins, où vous formerez peut-être des vœux de longévité, des projets impossibles sinon déraisonnables. Soyez donc prêts ! »

Quelle leçon, Nos très chers Frères ! Puisse-t-elle nous être salutaire à tous ! A cette condition, nous retrouverons, pour ne plus le perdre, l'ami sincère qui vient de nous être ravi. En attendant, commençons par lui rendre les derniers devoirs ! Portons sa dé-pouille dans le tombeau que Nous lui avions promis de creuser en ce lieu bénit, si Nous lui survivions. Qu'elle y repose en paix, attendant la résurrection de la chair ! Serait-il téméraire de croire que cette âme d'élite jouit déjà de la récompense à laquelle nous aspirons tous ? Sainte Anne se sera présentée à sa rencontre à la porte du paradis. Elle lui aura dit : — « *Venez, bon serviteur, entrez dans la joie du Seigneur* (2). Moi, son Aïeule, que vous avez invo-quée et dont vous avez propagé le culte, je souhaitais de vous témoigner face à face ma tendresse maternelle. »

O la douce rencontre ! Qu'elle est propre à ranimer notre piété filiale ! Un jour, sainte Anne, si nous gardons fidélité en toutes choses au divin Fils de sa Fille immaculée, nous facilitera le terrible passage du temps à l'éternité.

Mais voilà qu'une sombre pensée traverse Notre esprit. Se pourrait-il que de nouveaux Vandales, nourris par la Révolution religieuse et sociale qui nous menace de ses fureurs, s'oubliassent jusqu'à violer le sépulcre que nous scellerons demain ? Il Nous souvient que celui dont il renfermera les ossements, Nous disait un jour : — « On me passerait sur le corps, avant de pénétrer dans cette église, pour la dévaster. »

Il en serait véritablement ainsi, Nos très chers Frères, si Dieu permettait jamais cette profanation sacrilége ; car, sentinelle vigilante,

---

(1) S. Matt., XI, 29. — (2) S. Matt., XXV, 21.

le vaillant chevalier de sainte Anne dormira son paisible sommeil, couché au pied de l'effigie de sa bonne Maîtresse. On marcherait sur lui, avant d'arriver à Elle.

Aimons plutôt à croire, Nos très chers Frères, qu'aucune intervention ne sera nécessaire pour nous préserver d'aussi épouvantables calamités. Venons souvent ici réclamer avec confiance secours et protection pour notre diocèse, pour la Bretagne, pour la France, pour l'Église et son Chef visible. Sollicitons par surcroît la consolation qui nous est nécessaire en cette dure épreuve et si douloureuse séparation. Ainsi-soit-il !

CARITAS ... UM FIDE

AU PROFIT

DE

La Basilique de Sainte-Anne.